D1758636

To renew, find us online at:

Bromley Libraries

3 0128 10001 1437

1 2 3

6 7

4 5

8 9 10

ISBN 978-2-211-23415-3
Première édition dans la collection *les lutins* : août 2017
© 2014, l'école des loisirs, Paris
Loi numéro 49 956 du 16 juillet 1949 sur les publications
destinées à la jeunesse : septembre 2014
Dépôt légal : juillet 2021
Imprimé en France par Clerc SAS à Saint-Amand-Montrond

bisinski · sanders

POP
à l'école

les lutins de l'école des loisirs
11, rue de Sèvres, Paris 6e

Pop va à l'école!

1 J'ai cadeau pour la maîtresse !

C'est un joli dessin…

Dans la classe de Pop ils sont **4** écoliers.

Le meilleur ami
de Pop
c'est Jimi.
Il lui donne
des bonbons
à la récré!

Maintenant c'est l'heure de l'histoire...

**Maintenant Pop sait écrire
tous les chiffres de 1 jusqu'à...**

1 2 3

6 7

4 5

8 9 10